AF582257

EXTRAIT
DU LIVRE D'OR
DU SUPRÊME CONSEIL.

ORIENT DE PARIS, le 18e. jour du 6e. mois de l'an de la Vraie Lumière 5818. (18 août 1818, ère vulgaire.)

A la Gl.·. du Gr.·. Arch.·. de l'Un.·., et sous les auspices des Tr.·. Puiss.·. Souv.·. Gr.·. Insp.·. Gén.·. du 33e. et dernier degré du Rit Ecossais, ancien et accepté.

A TOUS LES MAÇONS, SALUT :

Nous, Souverain Gr.·. Comm.·. *ad vitam* pour les îles françaises du vent et sous le vent, Souverain Gr.·. Comm.·. d'honneur *ad vitam* pour la France, créateur des Suprêmes Conseils dans les Royaumes de France, d'Italie, de Naples, d'Espagne, des Pays-Bas, etc. etc. etc., voulant mettre au grand jour notre conduite maçonnique et développer les motifs qui nous ont guidé; voulant également faire connaître celle tenue envers nous par plusieurs membres égarés de la grande famille, avons résolu de consigner la déclaration suivante sur le *Livre d'or*.

En 1804, lors de notre arrivée en France, les Loges

Écossaisses étaient frappées d'anathème par le G.·. O.·. Nous communiquâmes, à Paris, les hauts grades de l'Écossisme à plusieurs Maçons aussi zélés que recommandables; nous établîmes un Suprême Conseil du 33e. degré pour la France. Ce Conseil, réuni à celui du 33e. degré pour l'Amérique, fit, le 5 décembre 1804, avec le Gr.·. Or.·., un concordat qui parut si avantageux à la Maçonnerie, que ce dernier fit frapper des médailles pour perpétuer le souvenir de son existence (1). Ce concordat ne fut point observé.

Le Conseil Américain voulut, mais vainement, ressaisir la puissance dogmatique. Rejeté de tous, il pouvait encore faire tête à l'orage, terrasser ses ennemis, et, comme le phénix, renaître de ses cendres.

Il devait, pour atteindre ce but, se renfermer dans les principes constitutifs de l'Écossisme, marcher avec calme et persévérance vers sa régénération, n'attirer dans son sein que des Maçons instruits, estimés et vertueux.

A-t-il suivi cette route? Non : un génie malfaisant semblait s'être emparé des esprits pour hâter sa ruine.

Notre éloignement de la France accrut le désordre, l'anarchie devint complète; chaque Président de Chambre se croyait Souverain et agissait comme tel. On fit des Maçons sans examen.... des tavernes servirent de temples!..... On prostitua les hauts grades à prix d'argent...... l'art

---

(1) « A la tête de ces Maçons revenus d'Amérique était un frère » revêtu des plus hauts grades de ce rite, et chef d'un Conseil appelé du 33e. degré, existant à Charlestown, qu'il présidait en » qualité de Grand Commandeur *ad vitam* (à vie), pour les îles » françaises de l'Amérique.

» Il était autorisé, par une patente du 21 février 1802, non-seulement à créer des Maçons de son grade, mais encore à inspecter la » Franche-Maçonnerie ancienne et moderne, et à constituer des » Loges et Chapitres sur les deux hémisphères. » (Voyez *Thory, Hist. du Gr.·. Or.·.*

royal fut mis à l'encan..... la caisse de l'Ordre devint le tonneau des Danaïdes.....

De retour dans notre patrie, mais toujours absent de la capitale; gémissant de cet état de choses, nous résolûmes, secondé par l'Ill.·. F.·. général de Fernig, notre Secrétaire des Commandemens, de travailler sans relâche au redressement des abus, à la régénération de l'Ordre.

Ce F.·., après s'être entendu avec le Lieut.·. Gr.·. Comm.·. de la Hogue, réunit plusieurs Maçons éclairés, afin d'aviser à la possibilité d'épurer, de retremper l'Ordre Écossais, et d'opérer un rapprochement durable avec le Gr.·. Or.·.

On nous adressa et nous sanctionnâmes un projet d'arrêté qui, après avoir détaillé les abus introduits dans les diverses Sections du Sup.·. Conseil, le dissolvait et le recomposait provisoirement.

La marche des négociations à suivre près du Gr.·. Or.·. y était tracée; nous voulions faire cesser tout schisme maçonnique en France, et opérer une réunion vivement désirée de tous.

Les démarches de l'Ill.·. F.·. de Fernig avaient obtenu un plein succès : le Gr.·. Or.·. accordait un consistoire du 32e. pour la France, au Conseil d'Amérique, et l'aurait reconnu comme tel pour les possessions françaises d'outre-mer.

Au moment où ce F.·. allait terminer cette transaction, un incident renversa l'édifice : en place du serment ordinaire, pur et simple, on voulut lui faire signer les abjurations, les anathêmes les plus outrageans contre le Conseil d'Amérique. Il représenta l'impolitique et l'odieux de semblables conditions, et se retira en prédisant l'accroissement du schisme.

Forcé de renoncer à toute espèce de traité avec le G.·. Or.·., nous en revînmes à notre projet de saper irrévocablement les abus, et d'employer tous nos efforts pour relever la bannière écossaise.

Le Lieut.·. Comm.·. de la Hogue, dont le grand âge et

la faiblesse paralysaient tous les moyens, nous écrivit pour solliciter son remplacement par l'Ill.·. F.·. de Fernig (1).

Notre position était extrêmement critique; l'Ordre touchait à sa ruine. Il fallait un fort levier pour replacer le Suprême Conseil dans une attitude imposante; nous employâmes celui de la considération et de l'honneur.

L'offre du T.·. Ill.·. Lieut.·. Gr.·. Commandeur, de la Hogue fut accepté, et nous conférâmes au F.·. de Fernig la dignité de Lieut.·. Gr.·. Comm.·., toujours en conservant au F.·. de la Hogue son titre honorifique.

Le Supr.·. Conseil, par sa délibération du premier jour du 9e. mois 5817 (2), nous avait prié de désigner des Offi-

---

(1) *Paris, le 14 février* 1818.

« Très-Ill.·. Grand Commandeur,

» Mon âge et mes habitudes, que vous connaissez depuis long-tems, » ne me permettant pas d'assister aux assemblées auxquelles je suis » souvent convoqué, je crois répondre à vos désirs en conférant au » T.·. Ill.·. F.·. de Fernig la faculté de me substituer, et d'agir en » mon nom et en ma qualité toutes les fois que je pourrais y être » absolument necessaire; et je pense que, d'après l'intention que je » vous en manifeste, vous pourrez le faire reconnaître en cette qua- » lité comme revêtu de mon pouvoir, et que vous n'y verrez aucun » obstacle.....

» Recevez, etc.

» Le Lieut.·. Gr.·. Comm.·. *ad vitam*,

» *Signé*, J. B. M. de la Hogue. »

(2) « Le Sup.·. Cons.·. a délibéré que le T.·. P.·. Souv.·. Gr.·. Comm.·. » Alexandre-François-Auguste, Comte de Grasse, Marquis de Tilly, » des Princes Souverains d'Antibes, des anciens Comtes de Provence, » etc. etc. etc., serait prié de désigner des Officiers honoraires pour » chaque dignité des six sections du Sup.·. Conseil; déclarant les » recevoir de sa main comme un gage de sa bienveillance et de son » amour paternel pour tous les vrais Écossais.

» Lecture sera faite du présent Bal.·. à la prochaine séance; il » sera transcrit sur les registres du Sup.·. Conseil, et expédition en

ciers honoraires; nous créâmes quatre Gr.·. Représentans et soixante-sept Gr.·. Officiers et Adjoints d'honneur choisis parmi les propriétaires, et les hommes les plus recommandables dans la magistrature, l'armée, les sciences, les lettres et le commerce.

Ces hommes, distingués par tous les genres d'illustration, vinrent, à la séance du 23 février 1818, jurer fidélité à l'Ecossisme, et à nous, comme Gr.·. Comm.·. (1), et ces sermens sont d'autant plus chers à notre cœur qu'ils furent prononcés avec enthousiasme et inscrits, séance tenante, sur le *Livre d'or* constitutif de l'Ordre Écossais, notre propriété particulière et l'unique *palladium* du Sup.·. Conseil du 33e. degré.

Cependant les FF.·. qui avaient sollicité l'admission des nouveaux Grands Dignitaires et Officiers d'honneur, lorsqu'ils s'attendaient chaque jour à être écrasés par le Gr.·. Or.·., ne se virent pas plutôt hors de danger que, craignant de perdre leurs dignités, et voyant que désormais ils ne pourraient plus administrer arbitrairement dans les diverses sections du Supr.·. Conseil, ni faire une spéculation de la Maçonnerie, ces Frères changèrent tout-à-coup de conduite, et étouffèrent le sentiment du bien général pour n'écouter que l'ambition et l'intérêt personnel.

Dès-lors tout fut mis en œuvre pour paralyser nos efforts.

On insinuait que nous avions outre-passé nos pouvoirs, en

» sera adressée, par une grande députation, au T.·. P.·. S.·. Gr.·. » Comm.·., qui sera instamment prié de l'agréer comme un gage » de notre gratitude.

» Donné près du B.·. A.·., dans la séance du S.·. C.·., le 1er. jour » du 9e. mois 5817.

» *Signé*, DE MAGHELLEN, BRETEL, GILLY, VERTEL,
» GOUT et LANGLOIS DE CHALANGE ».

(1) *Voyez* notre *Livre d'or*, pages 114 et suivantes.

conférant au T.·. Ill.·. F.·. de Fernig la dignité de Lieut.·. G.·. Commandeur, et en nommant des Dignitaires et Officiers d'honneur. On ne voulut jamais en venir à une reddition de comptes, et l'on se fâcha de ce que nous nous opposions au mélange des nouvelles recettes avec les anciennes. On traînait tout en longueur pour prolonger le cahos et lasser notre patience; on retardait constamment, et sous différens prétextes, la promulgation de l'extrait des séances des 23 février et 8 avril 1818 (ère vulgaire), contenant la liste des Grands Dignitaires et Officiers d'honneur, etc. etc. etc.

La publication de ce tableau déplut souverainement aux mécontens: ils prétendaient être lésés, en ce qu'on les avait omis. Devaient-ils y figurer?.... Quel était le but de cette publication? De montrer au gouvernement comme au Gr.·. Or.·., une masse de noms respectables, qui rassurât le premier sur notre composition, fît rentrer le second à sa place, et achevât de nous consolider. Nous avions atteint ces résultats : et notre intention était de former ensuite un tableau général, non-seulement des dignitaires d'honneur et titulaires du Conseil; mais de tous les FF.·. qui auraient été jugés dignes de rester dans la composition de notre Ordre.

Comme nulle association ne peut exister sans Code, une commission fut chargée d'en rédiger le projet, basé sur les Statuts Maçonniques, mis en harmonie avec l'esprit du siècle. Cette commission se réunit plusieurs fois sans rien terminer. A sa dernière séance, elle invita spécialement le T.·. Ill.·. Lt.·. Gr.·. Com.·., de Fernig, de classer ses idées, et de les présenter le plutôt possible.

Dès que, de concert, nous eûmes fait ce travail, ce F.·. en prévint plusieurs membres de la commission, et convint avec eux de se réunir le sur-lendemain, à l'effet de le discuter avant de le soumettre à la commission, et finalement à la Diète Maçonnique.

Ces membres, sans doute influencés par les meneurs,

ne vinrent point au rendez-vous ; et quelques jours après, nous sûmes que la commission s'était réunie, et, par suite, se réunissait souvent, pour travailler à un autre projet de réglement.

Ayant pris connaissance de ce réglement, nous remarquâmes avec étonnement, que, de son autorité privée, la commission s'était permis de créer trois Grands Conservateurs, dignité inconnue et entièrement inutile; puisque chaque membre du Suprême Conseil, chaque 33e., est de droit Conservateur des réglemens.

Deux de ces prétendus Conservateurs *se sont choisis eux-mêmes*, et plusieurs autres membres de la commission *se nommèrent modestement à des dignités*, ad vitam.

Cette commission ne mettant plus de bornes à ses usurpations, viola les principes les plus sacrés. Elle ne se contenta point de présenter un simple projet : mais elle *arrêta une constitution définitive*, et se mit en révolte ouverte contre l'autorité qui l'avait créée, et de qui elle tenait ses pouvoirs et son existence :

Nous avons en vain cherché à rappeler au devoir ces FF.·. égarés; toutes représentations ont été inutiles. Nous avons fait protester contre leurs actes, par notre Lt.·. Gr.·. Comm.·. Général de Fernig, tant en notre nom, qu'en celui de tous les Maçons fidéles; et nous motivâmes notre opposision :

1°. Sur ce que cette prétendue Constitution, basée sur les principes les plus subversifs, les plus contraires à toute prospérité sociale, consacre le faux système du droit d'ancienneté, et celui, bien plus destructif encore, des emplois à vie;

2°. Sur ce que la Commission avait outre-passé ses pouvoirs, en appelant dans son sein divers Maçons qui n'en faisaient point partie, tandis qu'elle n'a pas prévenu ceux qui en étaient légalement membres;

3°. Sur ce qu'au mépris de tous ses devoirs, et usurpant la puissance législative qui n'appartient qu'au Suprême

Conseil, elle a voulu *sanctionner son propre ouvrage et lui donner force de loi*, en y faisant apposer les signatures de quelques Maçons à son choix ;

4°. Sur ce que, ne se bornant point à cette violation manifeste de tous les principes, elle s'est permis de faire colporter son travail pour obtenir la signature d'autres Maçons, tels que les Ill.·. FF.·. Duc de Guiche, Général Prince Scherbatoff, etc. etc. etc. ;

5°. Sur ce qu'ayant créé, sans aucuns droits ni motifs, trois dignités de Grands Conservateurs, elle en *avait nommé deux dans son sein ;*

6°. Sur ce qu'enfin, suivant le même principe d'intérêt personnel, les membres de cette Commission se sont partagé les dignités à vie, et que son Président, qui, d'après la recommandation du F.·. de Fernig, avait été par nous élevé au sublime degré du 33e. et à la dignité de notre premier Gr.·. Représentant, s'est encore fait nommer l'un des Gr.·. Conservateurs.

En conséquence, et d'après les pouvoirs dont nous sommes investi par lettres-patentes du 21e. jour du 12e. mois 5801 (1) ;

Nous déclarons nulles et de nul effet toutes les opérations de la Commission chargée de la révision des réglemens.

Nous déclarons encore les délibérations prises par le prétendu Suprême Conseil institué par cette Commission, illégales, attentatoires à nos droits, à ceux du Suprême Conseil du 33e. degré, et subversives de tous les statuts du Rit Écossais.

Nous déclarons en outre que ce soi-disant Conseil n'a ni pouvoirs, ni autorité, ni juridiction ; que, loin de nous et sans nous, les Membres qui le composent ne peuvent

(1) *Voyez* Thory, *Hist. du Gr.·. Or.·.*

former un corps maçonnique pour régir et administrer l'Écossisme.

A ces causes, nous formons et constituons la 6e. Section du Suprême Conseil du 33e. et dernier degré ainsi que suit :

Très-Puiss.·. Souverain Gr.·. Comm.,	Comte de GRASSE.
Très-Ill.·. Lt.·. Gr.·. Com.·. Hon.·.,	J. B. M. de LA HOGUE.
Très-Ill.·. Lt.·. Gr.·. Com.·. Titulaire,	Baron de FERNIG, Maréchal de Camp.

ILLUSTRES GRANDS REPRÉSENTANS :

Comte BELLIARD, Lieutenant-Général.
Duc de SAINT-AIGNAN, Lieutenant-Général, Pair de France.
Duc de REGGIO, Maréchal de France.
Comte GUILLEMINOT, Lieutenant-Général.

GRANDS DIGNITAIRES D'HONNEUR DU SAINT-EMPIRE.

Trésorier,	. . . .
Secrétaire-Général,	Prince Frédéric de HESSE-DARMSTADT, Maréchal de Camp.
M.·. des Cérémonies,	Comte FRÈRE, Lieut.-Général.
Capit.·. des Gardes,	Baron de JOINVILLE, Intendant-militaire de la 1re. Division.
Garde des Sceaux,	Prince d'AREMBERG.
Porte-Etendart,	Comte de CASTELLANE, Pair de France.
Président du Consistoire,	Duc de GUICHE, premier Ecuyer, et Aide-de-Camp de S. A. R. le Duc d'Angoulême.
Id. des Inquisiteurs,	Duc de GRAMMONT, Capitaine des Gardes-du-Corps du Roi, Lieuten.-Général, Pair de France.
Id. des Ill.·. Ch.·. K. H.,	Comte de CAZES, Pair de France, Ministre de la Police Générale.
Id. de la Ch.·. Capitulaire,	Comte Charles de LA GRANGE, Lieutenant-Général.
Id. de la Ch.·. Symbolique,	Chevalier COMBES, Commissaire-Ordonnateur.

GRANDS DIGNITAIRES TITULAIRES DU SAINT-EMPIRE.

Trésorier,	F.·. Vuillaume, ancien Payeur-Général aux armées et de la 13e. Division militaire.
Secrétaire-Général,	F.·. Joly, homme de lettres.
M.·. des Cérémonies.·.,	Chevalier Dujardin de Lacour.
Capit.·. des Gardes,	Chevalier Chameau, Colonel.
Garde des Sceaux,	F.·. Cruzel, ex-Commissaire des Guerres Adjoint.
Porte-Etendart,	Baron Prost, Maréchal de Camp.
Président du Consistoire,	Vicomte Van-Dedem, Lieutenant-Général.
Président des Inquisiteurs,	F.·. Judesretz, Fonctionnaire Public.
Président des Ill.·. Chev.·. K. H.,	F.·. de Lorme, ancien Capitaine de Cavalerie, Propriétaire.
Président de la Ch.·. capitulaire,	Baron Soyez, Maréchal-de-Camp.
Président de la Ch.·. symbolique,	Baron Durrieux, Maréchal-de-Camp.
Inspecteurs-Généraux.......	F.·. Burard, médecin. Baron d'Ard, Colonel. Baron Boivin, Maréchal de-Camp. F.·. Beaumont, statuaire. Comte Dubourg, Colonel. F.·. Gaboria, ancien Administrateur. F.·. Duseigneur. Chevalier Joly, Maréchal-de-Camp. Baron de Boisville, Lieutenant-Colonel. Baron Scumit. Baron Bellair, Maréchal-de-Camp.

Le Grand Commandeur *ad vitam*,

Signé, le Comte de Grasse.

Séance du 21e. *jour du* 6e. *mois* 5818. (21 *août* 1818, *ère vulg.·.*)

LE SUP.·. CONSEIL DU 33e. DEGRÉ,

Vu le *Livre d'or* du T.·. P.·. S.·. Gr.·. Comm.·. *ad vitam*, Comte de GRASSE, déposé par lui sur le bureau, afin que chacun des Membres connaisse les droits respectifs du Suprême Conseil et du Gr.·. Comm.·., son Président ;

Considérant :

1°. Que le susdit *Livre d'or*, monument précieux créé par le T.·. P.·. S.·. Gr.·. Comm.·. Comte de Grasse, a été celui du Sup.·. Conseil du 33e. degré, depuis sa formation en France;

2°. Que les Membres du Gr. Or.·. de France déclarent, dans ce *Livre d'or*, avoir reçu et accepté avec reconnaissance, le 29e. jour du 10e. mois de l'an de la V.·. L.·. 5804 (1804 ère vulgaire), et autres dates postérieures, des mains du T.·. P.·. et T.·. Ill.·. F.·. de Grasse Tilly, Gr.·. Comm.·. *ad vitam*, Président du Sup.·. Conseil du 33e. degré, ledit Conseil assemblé, les grades éminens du Chevalier d'Orient ou de l'Épée, Prince de Jérusalem, Chev.·. d'Or.·. et d'Occ.·., Souverain Prince R.·. ✠, Ill.·. Ch.·. de K.·. H.·. 30e. degré, Prince de R.·. S.·., 32e., et Ill.·. Gr. Inspect.·. Gén.·., 33e. et dernier degré de la Maçonnerie du Rit ancien et accepté (1);

(1) Tracé des Travaux de la Chambre symbolique du Suprême Conseil, du 27e. jour du 9e. mois de l'an de la V.·. L.·. 5817, (27 novembre 1817, ère profane), pages 5 et 6, et extrait du Livre d'Or.

3°. Que, dans cette même Séance, les Membres du Gr.·. Or.·. jurèrent fidélité à l'Écossisme et au Sup.·. Conseil du 33e. degré, entre les mains du Tr.·. Ill.·. et T.·. P.·. F.·. de Grasse Tilly, Gr.·. Comm.·.; que l'extrait des sermens prêtés fut buriné et adressé à toutes les Loges, Chapitres, Consistoires et Conseils des deux hémisphères (1);

4°. Que le Comte de Grasse, S.·. Gr.·. Comm.·., étant incontestablement le créateur du Sup.·. C.·. pour la France, l'est encore de ceux des Royaumes d'Italie, de Naples, d'Espagne, des Pays-Bas, etc. etc. etc. (2);

5°. Que le 27 novembre 1817, ère vulgaire, *une commission spéciale fut chargée de surveiller la copie authentique et littérale à prendre du livre d'or, pour être placée dans les archives du Sup.·. Conseil;* et que, sur la proposition du T.·. Pt.·. Souv.·. Gr.·. Comm.·., on nomma les FF.·. *de la Hogue*, *de Maghellen*, *Amadieu*, *Ruffin*, *Langlois de Chalangé*, *Conseil* et *Richard*, membres de cette Commission; dont quatre (les FF.·. *de Maghellen*, *Amadieu*, *Langlois de Chalangé* et *Richard*), méconnaissent et contestent aujourd'hui les pouvoirs et les droits du T.·. Pt.·. Souv.·. Gr.·. Comm.·. *ad vitam* (3);

6°. Que cette Commission déclare, dans un considérant de son arrêté du 5e. jour du 10e. mois de l'an de la V.·. L.·. 5817, (5 décembre 1817, ère vulg.·.), que le serment prêté par environ quarante membres du G.·. Or.·. de France, au Sup.·. Conseil du 33e. dégré, constaterait suffisamment les droits de ce dernier, quand bien même ils ne seraient pas authentiquement établis par les Constitutions délivrées au T.·. Ill.·. Souv.·. Gr.·. Comm.·. comte

---

(1) Même Tracé, page 5.
(2) Même Tracé, page 15.
(3) Même Tracé, page 15.

de Grasse, à Charlestovvn (Caroline du Sud), le 12 février 1802 (ére vulgaire) : titres qui consacrent ses pouvoirs d'une manière imprescriptible. Signé *de Maghellen, Amadieu, Langlois de Chalangé* et *Richard* (1).

7°. Que, par l'article premier del'arrêté proposé par cette commission, à toutes les sections du Sup.·. Conseil du 33 . degré, et approuvé par elles le 24e. jour du 10e. mois de l'an de la V.·. L.·. 5817, toutes les sections du Sup.·. Conseil déclarent qu'elles ne reconnaissent pour chef de leur Rit, *que le T.·. Ill.·. et T.·. puissant Souv .·. Gr.·. Comm.·.* ad vitam, *le comte de Grasse Tilly*, Chevalier de Saint-Louis, officier de la Légion d'honneur, etc. etc. etc. Signé: *de Maghellen, Amadiev, Langlois de Chalangé, Richard* (1);

8°. Que ces délibérations sont si honorables pour le T.·. Pt.·. Souv.·. Gr.·. Comm.·., *ad vitam*, comte de Grasse Tilly; et qu'elles confirment avec d'autant plus de force ses droits à la formation, organisation et présidence du Sup.·. Conseil du 33e. dégré, qu'elles ne furent pas le fruit d'un enthousiasme irréfléchi, mais au contraire le résultat de l'examen le plus approfondi des pièces que la Commission avait eues sous les yeux;

9°. Que les puissans motifs qui déterminèrent la Commission à proposer unanimement cet arrêté, et toutes les sections du Sup.·. Conseil du 33e. degré à l'adopter avec la même unanimité, avaient été clairement exposés dans la pièce d'architecture lue par l'Ill.·. F.·. Langlois de Chalangé, dans la séance solennelle du Sup.·. Conseil du 27 novembre 1817 (ère vulg.·.), où cet orateur, toujours si éloquent, alors surtout qu'il se montre l'ennemi de toute espèce de tyrannie et de despotisme Maç.·., sembla se sur-

(1) Même Tracé, page 20.

(2) Même Tracé, page 21.

passer lui-même, et céder à cette noble indépendance qui inspire tous les Maçons libres et acceptés, en faisant l'histoire fidèle des persécutions auxquelles les Maçons Écossais et le Sup.·. Conseil d'Amérique avaient été soumis, jusqu'au moment où le T.·. Pt.·. Souv.·. Gr.·. Comm.·. *ad vitam*, et l'Ill.·. F.·. Roettier de Montaleau, Représentant particulier du Gr.·. Or.·., signèrent, le 5 décembre 1804, dans l'hôtel de M. le Maréchal Kellermann, le concordat qui devait ne faire du Conseil pour l'Amérique et de celui pour la France, qu'un seul et même conseil du 33e. degré du Rit Ecossais, ancien et accepté (1);

10°. Que toutes les sections du Sup.·. Conseil du 33e. degré, réunies en sa Chambre Symbolique, le 24 décembre 1817 (ère vulg.·.), après avoir entendu la lecture du tracé de la tenue du 27 novembre 1817, de la pièce d'architecture du F.·. Langlois de Chalangé en la même séance, et de l'arrêté du 5 décembre 1817, pris par la Commission nommée en la susdite séance du 27 novembre précédent, approuvèrent toutes les dispositions qui y étaient convenues, et en ordonnèrent l'impression à trois mille exemplaires, ainsi que l'envoi aux GGr.·. OOr.·. étrangers, à toutes les Loges, Chap.·. et autres Att.·. de la correspondance. Signé *de la Hogue, de Maghellen, Amadieu, Heureaux jeune. Gilly, Tissot, Richard* (2);

11°. Que, dans cette même pièce d'architecture, l'Ill.·. F.·. Langlois de Chalangé accuse le Gr.·. Or.·. d'intolérance envers le *Conseil Sup.·.* du 33e degré, principalement parce qu'il interdit aux Membres qui le composent, aux Maçons qui le reconnaissent, l'entrée des Loges sous sa dépendance; et parce que, *fidèles à leurs sermens, ils ne veulent pas renoncer à leurs droits, ni se séparer*

---

(1) Même Tracé, et Discours du F.·. Langlois de Chalangé, p. 14.

(2) Même Tracé, pages 23 et 24.

de leur Ill.·. Souv.·. Gr.·. Comm.·., et abandonner les drapeaux de l'Ecossisme (1);

12°. Que, dans la séance du 23e jour du 12e. mois de l'an de la V.·. L.·. 5817 (23 février 1818, ère vulg.·.), le T.·. Pt.·. Gr.·. Comm.·., comte de Grasse Tilly, *donne connaissance à la Chambre Symbolique, de la nomination par lui faite, des officiers d'honneur attachés aux diverses sections du Sup.·. Conseil du 33e dégré:*

Que la Chambre Symbolique, toutes les sections réunies, applaudit à ce choix et à l'installation des nouveaux dignitaires et des officiers d'honneur:

Que le T.·. Pt.·. Souv.·. Gr.·. Comm.·. reçoit, dans chacune des six sections, le serment de fidélité au Sup.·. Conseil du 33e. degré, de ces grands dignitaires et officiers d'honneur qui consacrent et fortifient ce même serment, en apposant, manu propriâ, *leurs signatures individuelles à la suite de sa transcription sur le livre d'Or du T.·. Pt.·. Souv.·. Gr.·. Comm.·.* (2);

13°. Que le Gr.·. Orateur de la Chambre Symbolique, le F.·. Tissot, dans cette séance du 23e. jour du 12e. mois

---

(1) Même Tracé, p. 18.

« Eh quoi! dit si énergiquement alors le F.·. Langlois de Chalangé, la diète maç.·. de France ne s'aperçoit-elle pas qu'elle » s'écarte ainsi des sermens qu'elle a faits, et se rapproche du sys» tême en vigueur lors de cette époque désastreuse *où l'on arracha* » *de leurs autels les ministres qui revendiquèrent les droits de leur* » *auguste chef,* et ne voulurent pas se soumettre aux lois de leurs » persécuteurs et des ennemis de la religion?.... » Pourquoi ce qui était vrai en 1817 cesse-t-il de l'être en 1818? Ces mots: *ingratitude*, *parricide*, *sacrilége*, n'ont-ils pas toujours le même sens, la même acception? n'impriment-ils pas la même honte, la même ignominie?....

(2) Tracé des travaux de la Chambre symbolique du Sup.·. Conseil, du 23e. jour du 12e. mois de l'an de la V.·. L.·. 5817, pages 3 10 et 11.

5817, *appelle l'attention de la Chambre sur l'illustration qui résultera pour l'Ecossisme, de l'admission dans le sein du Sup.·. Conseil, en leur qualité de grands dignitaires et de Gr.·. officiers d'honneur, des militaires et autres personnages de distinction, qui décoraient, en cette solennité, tant l'Est que les colonnes de la L.·.:* illustration, qui était l'ouvrage des choix éclairés, faits pour chacune de ces dignités, par le T.·. Pt.·. Souv.·. Gr.·. Comm.·. *ad vitam* (1);

14°. Que l'Ill.·. F.·. *comte Allemand*, vice-amiral en retraite, en informant la Chambre Symbolique du Sup.·. Conseil du 33e. degré, dans la séance du 8e. jour du 2e. mois de l'an 5818 (8 avril 1818, ère vul.·.), *que le T.·. Pt.·. Souv.·. Gr.·. Comm.·.* ad vitam, *lui a fait la faveur de le nommer Président de la députation chargée de remettre à S. Exc. le comte de Cazes, Ministre de la Police générale et Pair de France, un diplôme de membre d'honneur du Sup.·. Conseil du 33e. degré, lui annonce en même tems le succès de sa mission, qui assure à l'Ordre Ecossais une protection puissante dans la personne de ce Ministre:* protection que le Rit ancien et accepté devra principalement à la sollicitude toujours active du Souv.·. Gr.·. Comm.·. *ad vitam*, pour accroître la prospérité de l'Ecossisme et perpétuer son illustration (2);

15°. Que tous ces faits établissent *d'une manière imprescriptible:*

1° L'inamovibilité de la dignité de Souv.·. Gr.·. Comm.·. *ad vitam*, dans la personne du T.·. Ill.·. F.·. de Grasse Tilly;

2°. Le droit constant qu'il a de fonder des Conseils Sup.·. du 33e. degré; d'en nommer les dignitaires, les officiers

(1) Même Tracé, page 12.

(2) Même Tracé, pages 15 et 16.

d'honneur; et de les présider, en sa qualité de Pt.·. Gr.·. Comm.·.;

3·. Que l'Ordre Ecossais doit au zèle du Gr.·. Comm.·., son existence, ses progès, les honneurs dont il jouit, l'indépendance qu'il a acquise et qui lui est assurée; la gloire, enfin, que le Rit ancien et accepté, réfléchit sur chacun de ses membres dans ce royaume.

Que, dès-lors, méconnaître et contester aujourd'hui les divers titres qu'a le S.·. Gr.·. Comm.·. de Grasse Tilly à la gratitude, à l'amour de tous les Maçons Ecossais, serait se montrer étranger à tous les sentimens de bienveillance, à toutes les affections morales que de grands bienfaits doivent toujours inspirer aux hommes envers ceux de qui ils les recoivent:

Que chercher à dépouiller le Gr.·. Comm.·. de ses dignités et de sa gloire Maç.·., serait, surtout pour les Maçons qui lui doivent les grades éminens qu'ils possèdent, les dignités honorables dont ils sont investis, une ingratitude sans exemple dans les fastes Maç.·., et qui ne peut être caractérisée;

17°. Que, néanmoins, la conduite de plusieurs Ill.·. FF.·. qui semblent entrainés à oublier tous les services que le S.·. Gr.·. Comm.·. a rendus à la Maç.·. libre et acceptée, sera toujours excusée dans le S.·. Conseil du 33e. degré, lorsque ces FF.·. voudront y rentrer, ou croire qu'ils n'ont jamais cessé d'en faire partie;

Arrête à l'unanimité:

Article Premier.

La déclaration du S.·. Gr.·. Comm.·. *ad vitam*, le comte de Grasse, renfermant l'exposé fidèle tant de sa conduite que de celle anti-Maçonnique des membres dissidens, est approuvée dans tout son contenu.

www.ingramcontent.com/pod-product-compliance
Lightning Source LLC
LaVergne TN
LVHW050515160826
845677LV00003B/1139
* 9 7 8 2 3 2 9 6 2 4 9 1 4 *